Analyse de l'œuvre

Par Sophie Chetrit

Poèmes saturniens

de Paul Verlaine

lePetitLittéraire.fr

Analyse de l'œuvre

Par Sophie Chetrit

Poèmes saturniens

de Paul Verlaine

lePetitLittéraire.fr

PAUL VERLAINE

POÈTE FRANÇAIS

- **Né en 1844 à Metz**
- **Décédé en 1896 à Paris**
- **Quelques-unes de ses œuvres :**
  - *Fêtes galantes* (1869), recueil de poésie
  - *Romances sans paroles* (1874), recueil de poésie
  - *Les poètes maudits* (1884), essai

Né en 1844, Paul Verlaine est un poète de la deuxième moitié du XIXe siècle. Issue d'une famille de la petite bourgeoisie, il nait à Metz en 1844 et part faire ses études à Paris. Il y étudiera le droit, pour ensuite travailler dans une compagnie d'assurances et comme expéditionnaire à l'Hôtel de Ville de Paris. En 1866, il publie les *Poèmes Saturniens*. Trois ans plus tard parait son deuxième recueil *Fêtes galantes*, évoquant le XVIIIe siècle de Watteau. Il épouse Mathilde Mauté, une jeune fille de la haute bourgeoisie parisienne, en 1870.

Après le siège de Paris et l'insurrection de la Commune de Paris en 1871, Verlaine, qui a fait la rencontre d'Arthur Rimbaud, quitte sa femme pour le suivre en Angleterre puis en Belgique. Au cours de ses voyages, il écrit alors un nouveau recueil, *Romances sans paroles*. Les deux poètes vivent une relation passionnelle jusqu'au fameux soir de juillet 1873, où Verlaine tire sur son amant et se retrouve condamné à deux ans de prison qu'il purge à Bruxelles et à Mons. Il se convertit alors au catholicisme et à sa sortie de prison en 1875, il repart quelque temps en Angleterre où il devient professeur, pour ensuite revenir dans les Ardennes, à Rethel, où il se lie avec l'un de ses élèves Lucien Létinois, qui meurt en 1883.

L'année suivante, Verlaine publie *Les poètes maudits*, ouvrage dans lequel trois poètes sont mis à l'honneur : Tristan Corbière, Arthur Rimbaud et Stéphane Mallarmé. Sa célébrité s'accroit et il est proclamé « prince des poètes », alors qu'il s'use et mène une vie de débauche jusqu'à sa mort due à une congestion pulmonaire en 1896.

POÈMES SATURNIENS

LE PREMIER RECUEIL POÉTIQUE DE VERLAINE

- **Genre** : poésie
- **Édition de référence** : VERLAINE P., *Poèmes Saturniens*, Gallimard, coll. « Folio », 2010, 96 p.
- **1re édition** : 1866
- **Thématiques** : temps, amour, mélancolie, musique, poésie

Paul Verlaine publie les *Poèmes saturniens* à l'âge de vingt-deux ans, bien qu'il aurait commencé à les écrire alors qu'il était encore lycée, à l'âge de seize ans. Il avait tout d'abord songé à appeler ce recueil *Poèmes et Sonnets*, avant de se décider pour l'appellation qu'on lui connait aujourd'hui, en référence au dieu romain et à la planète noire et mélancolique. Édités à compte d'auteur et publiés en 1866 chez Alphonse Lemerre, les *Poèmes saturniens* constituent le premier recueil poétique en vers de Paul Verlaine. Toutefois, cette œuvre n'a eu qu'une réception limitée, n'étant pas considérée à l'époque comme un événement littéraire majeur.

À cette période, Verlaine fréquente les cercles littéraires parisiens et collabore au premier Parnasse contemporain (1866), un recueil collectif de poésies qui constitua le manifeste et l'illustration du mouvement du Parnasse. Il s'agit d'un mouvement en opposition avec les épanchements romantiques, qui promeut un art poétique moderne s'appuyant sur une perfection formelle et un lyrisme impersonnel. Ses maitres, Leconte de Lisle, Baudelaire et Théodore de Banville ont beaucoup influencé la poésie de Verlaine.

On ne sait que peu de choses de la genèse de ce recueil, mais les *Poèmes Saturniens*, comme Les *Fleurs du mal* (1857) avant eux, s'appuient sur une architecture explicite. Ils proposent d'abord un poème liminaire qui explique le titre, ainsi qu'un prologue. Ils comptent ensuite vingt-cinq poèmes réunis en quatre sections : « Melancholia », « Eaux fortes », « Paysages tristes » et « Caprices », auxquels s'ajoutent une douzaine de poèmes libres suivis d'un Épilogue qui clôt le recueil. À l'instar des grands poètes antiques, Verlaine met son recueil sous la protection d'un dieu et lui dédie le premier poème. Il s'agit ici de Saturne, dieu qui renvoie au caractère inéluctable du temps qui passe.

RÉSUMÉ

LE POÈME LIMINAIRE

L'œuvre s'ouvre sur un poème liminaire, dans lequel Verlaine revendique la particularité de son projet poétique et explique le titre de son recueil. Il met en opposition les « Sages d'autrefois » soit les poètes traditionnels, avec « ceux-là qui sont nés sous le signe de Saturne » (v. 8), et qu'il appellera plus tard les poètes maudits. Ces poètes sont en proie à la mélancolie, une mélancolie qui se présente à la fois comme une souffrance et comme une sourced'inspiration.

LE PROLOGUE

Ce poème liminaire est suivi d'un prologue, où Verlaine reprend un motif déjà présent chez les romantiques : celui du poète coexistant parmi les hommes, mais placé à la marge. Il explique la place qu'il considère être la sienne au sein de la société.

MELANCHOLIA

Dédiée au violoniste et poète Ernest Boutier, cette partie s'inspire certainement de la gravure *Melancholia* d'Albrecht Dürer (dessinateur, peintre et graveur allemand, 1471-1528). Elle se compose de huit sonnets écrits en alexandrins : « Résignation », « Nevermore », « Après trois ans », « Vœu », « Lassitude », « Mon rêve familier », « À une femme » et « l'Angoisse ».

On trouve ici des souvenirs d'amours perdus ou idéalisés, où le regret et l'angoisse détiennent une place centrale. Cette section a probablement été écrite au moment où Verlaine tomba amoureux de sa sœur adoptive, qui rejeta son amour.

- « Résignation » évoque le rejet de la folie de la jeunesse.
- « Nevermore » renvoie à un passé idéalisé et à la nostalgie qu'il suscite malgré la chasteté de l'amour décrit.
- Dans « Après trois ans », Verlaine raconte son retour sur le lieu de ses rencontres amoureuses, utilisant la nature pour représenter ses sentiments : « Les roses comme avant palpitent, comme avant » (v. 9).

- Dans « Vœu », il regrette ses premiers amours, des amours à la fois imaginaires et idéalisés. Le cinquième poème « Lassitude » évoque la question à la fois du désir d'un amour calme et de l'usure de ce même désir.
- « Mon rêve familier » est certainement l'un des poèmes les plus célèbres du recueil. On y découvre le rêve d'une femme idéale de Verlaine, ainsi que les nombreuses sensations qu'il éprouve à son contact.
- Dans « À une femme », il écrit à cette femme idéale pour lui parler avec exagération de sa souffrance et appeler à sa compassion. Cette partie s'achève avec « l'Angoisse », un poème où Verlaine rejette aussi bien la nature que l'art et la religion, soit des thèmes qui font généralement l'inspiration des poètes.

Si « Résignation » est un sonnet inversé, composé de deux tercets suivis de deux quatrains et « Lassitude » un sonnet irrégulier où les rimes sont embrassées puis croisées dans les tercets (CCDEED), les autres poèmes sont des sonnets français suivant un schéma classique, où les rimes riches sont nombreuses.

EAUX-FORTES

Dédiée au poète, dramaturge et romancier français du XIXe siècle François Coppée (1842-1908), la section « Eaux-fortes » propose un titre qui fait certainement référence au procédé de gravure utilisant une planche mordue par de l'acide. Elle compte cinq poèmes : « Croquis parisien », « Cauchemar », « Marine », « Effet de nuit » et « Grotesques ».

Dans cette partie, Verlaine décrit une ville entre désolation et modernité, à laquelle il superpose des paysages rêvés.

- « Croquis parisien » propose une sombre description de Paris.
- « Cauchemar » nous fait entrer dans un univers fantastique où un cavalier est emporté dans un mouvement violent.
- Dans « Marine », le poète emprunte un thème aux romantiques en décrivant un océan sous la tempête, pour transposer son vertige existentiel.
- « Effet de nuit » nous présente ensuite une scène nocturne inquiétante, à laquelle Verlaine donne un aspect pictural.

- « Grotesques » fait la caricature de personnages marginaux : il décrit les vagabonds et le rejet qu'ils subissent.

Les poèmes présentés ici sont très divers. Sur le plan métrique, ils vont du quadrisyllabe à l'alexandrin. En ce qui concerne la forme, ils se composent d'une à dix strophes elles-mêmes constituées aussi bien de quatrains que de quintils, voire de quatorze vers dans le cas de « Effet de nuit ». De même, les rimes peuvent être aussi bien croisées (dans « Croquis parisien » et « Grotesques »), que suivies (dans « Cauchemar » et « Effet de nuit ») ou encore embrassées (« Marine »), quand l'on remarque aussi bien des vers pairs qu'impairs.

BON À SAVOIR

La forme des strophes

Un quatrain : strophe de quatre vers.

Un quintil : strophe de cinq vers.

Un sizain : strophe de six vers.

Les rimes

Les rimes embrassées : sont des rimes encadrées par d'autres rimes. Elles prennent la forme ABBA.

Les rimes suivies (ou plates) : sont des rimes suivent le schéma AABB.

Les rimes croisées (ou alternées) : sont construites dans une alternance deux par deux. Elles suivent le schéma ABAB.

Les rimes féminines : on parle de rime féminine quand le dernier phonème contient un « e caduc » (par exemple : « Ô bruit doux de la pluie », Verlaine)

Les rimes masculines : on parle de rime masculine lorsque des sons identiques sont retrouvés à la fin de deux ou plusieurs vers se terminant par une syllabe pleine.

Les rimes riches : sont des rimes possédant trois homophonies entre voyelles toniques et consonnes.

Les rimes pauvres : sont caractérisées par la rime d'un seul phonème, soit la voyelle tonique finale des mots.

Les rimes suffisantes : correspond à la reprise de deux sons identiques (par exemple : cheval/loyal).

Les vers

Le vers pair : a un nombre pair de syllabes.

Le vers impair : a un nombre impair de syllabes.

PAYSAGES TRISTES

Le terme « Paysages tristes » renvoie à un style pictural, présent notamment dans les œuvres de Jean-Baptiste Corot (peintre et graveur français). Cette section est dédiée à Catulle Mendes, fondateur du Parnasse contemporain. Elle se compose de sept poèmes : « Soleils couchants », « Crépuscule du soir mystique », « Promenade sentimentale », « Nuit du Walpurgis classique », « Chanson d'automne », « L'heure du berger » et « Le rossignol ».

Verlaine y développe son propre lyrisme en y décrivant des paysages d'automne, rappelant la tristesse d'une âme sombre et hantée. Dans les deux premiers poèmes, le poète décrit le spectacle de soleils couchants invitant à la rêverie, à la mélancolie et à l'angoisse. Ensuite, la « Promenade sentimentale » propose une promenade funèbre à travers un paysage aquatique, au cours de laquelle

Verlaine regrette l'absence de l'être aimé. « La nuit du Walpurgis classique » annonce les fêtes galantes ; « Chanson d'automne » permet au poète d'évoquer ses pulsions amoureuses, et de faire partager ses émotions à travers la description du paysage. « L'heure du berger » évoque à nouveau la venue de la nuit, quand « le Rossignol », symbole du chant amoureux, lui permet d'évoquer un amour voué à disparaitre et la souffrance qui en découle. On retrouve donc ici une unité de ton et de décor.

Toutefois, cette section reste variée sur le plan métrique et sur celui des rimes. De même, les formes poétiques sont diverses : quatre poèmes (« Soleils couchants », « Crépuscule du soir mystique », « Promenade sentimentale », « Le Rossignol ») se composent d'une seule strophe, un « bloc » comptant entre treize et vingt vers, quand « Nuit du Walpurgis classique » possède une architecture faite d'onze quatrains, « Chanson d'automne » de quatre sizains et « L'heure du berge » de trois quatrains.

CAPRICES

Les « Caprices » font référence aux gravures du XVIIIe siècle, notamment à celles du peintre

Francisco Goya (peintre et graveur espagnol). Cette section est dédiée au poète Henry Winter, qui avait collaboré au premier recueil du Parnasse contemporain. Elle se compose de cinq poèmes : « Femme et chatte », « Jésuitisme », « La chanson des ingénues », « Une grande dame » et « Monsieur Prudhomme ».

La relation amoureuse et les femmes occupent ici le devant de la scène. On retrouve une « chatte » (« Femme et chatte »), une « ingénue » (« La chanson des ingénues »), une « dame », « reine » et « courtisane » (« Une grande dame », v. 8), une « maitresse » (« Sérénade », v. 3), etc. « Femme et chatte », « Jésuitisme » et « La chanson des ingénues » reprennent le thème baudelairien de la duplicité de la femme ; Verlaine y dénonce la perversion et la cruauté féminine et le chagrin dont elles sont à l'origine. Dans « Une grande dame », il évoque une femme froide et inaccessible, qu'il admire autant qu'il la méprise. On comprendre donc toute l'ambiguïté des rapports entre Verlaine et les femmes, qui sont complexes et variés. La section s'achève avec « Monsieur Prudhomme », un poème satirique, où Verlaine met en scène un bourgeois profondément matérialiste qu'il oppose aux poètes, soucieux des arts et des lettres, mais condamnés à vivre en marge de la société.

Ces poèmes trouvent leur unité dans leur aspect satirique, bien que les formes poétiques proposées soient divergentes. « Femme et chatte » est un sonnet irrégulier d'octosyllabes ; « Jésuitisme » un poème en seize vers ; « La chanson des ingénues » un poème en huit quatrains ; « Une grande dame » et « Monsieur Prudhomme » des sonnets réguliers.

AUTRES POÈMES

Rédigés majoritairement en alexandrins, les douze poèmes qui suivent reprennent les grands thèmes du recueil : la mélancolie, le temps et l'amour blessé. Il s'agit de « Initium », « Cavitri », « Sub Urbe », « Sérénade », « Un dahlia », « Nevermore », « Il Bacio », « Dans les bois », « Nocturne parisien », « Marco », « César Borgia », « La mort de Philippe II ».

ÉPILOGUE

Une dernière section propose trois poèmes ; il s'agit de l'Épilogue. Il est ici question d'art poétique, d'inspiration, d'émotion et de travail. Verlaine revient sur des questions formelles, de même que sur l'esthétique parnassienne.

ÉCLAIRAGES

Au milieu du XIXe siècle, quand Verlaine commence à écrire, deux mouvements se partagent l'espace d'expression poétique : le Parnasse et le Romantisme. Comme Baudelaire avant lui, Verlaine propose sa propre synthèse de ces influences.

DE L'INFLUENCE DES PARNASSIENS...

Quand Verlaine écrit les *Poèmes saturniens*, il fréquente les auteurs parnassiens, poètes prolixes qui s'opposent aux épanchements romantiques et proposent un art poétique moderne. Ils valorisent « l'art pour l'art » (Théophile Gautier) qui n'aurait pour but que la beauté. Ainsi, il rejette tout lyrisme subjectif et sentimental du romantisme et tout engagement social ou politique.

Considéré comme le chef de file du mouvement parnassien, Leconte de Lisle fut le maitre des jeunes poètes de cette école. Il est l'auteur des *Poèmes antiques* (1852), des *Poèmes barbares*

(1862) et des *Poèmes tragiques* (1884), œuvres qui lui permirent d'entre à l'Académie française en 1887. Il énonça alors les principes poétiques suivants :

- La poésie doit rester impersonnelle et faire preuve de retenue
- La poésie doit privilégier le travail de la forme
- La poésie doit viser la beauté dont l'Antiquité fournit les canons absolus

Ainsi, il veut quitter le thème personnel et en revenir aux sources pures de l'Antiquité, une époque où le poète était un ouvrier forgeant les mots. Poète pessimiste, il voit dans la poésie un refuge contre le désenchantement du monde.

L'influence de Théodore de Bandeville (1823-1891) est également notable. Ce poète, dramaturge et critique littéraire français est célèbre pour ses *Odes funambulesques* et *Les Exilés* (1867). Ami de Victor Hugo et Théophile Gautier, il fut lui aussi l'un des précurseurs du Parnasse, professant un amour exclusif de la beauté et la limpidité universelle de l'acte poétique. Il fut à la fois l'ennemi de la nouvelle poésie réaliste et celui des dérives romantiques.

Dans ses *Confessions*, Verlaine indique qu'il a écrit les *Poèmes saturniens* à l'âge de seize ans, alors qu'il était encore au lycée, à une période où il subissait l'influence de Leconte de Lisle et de ses disciples. On retrouve donc chez Verlaine une poésie élaborée, qui tente d'atteindre perfection et rigueur dans la forme et dans l'expression de la pensée et des sentiments. Il évite de s'épancher, cisèle son vers et suit ainsi les préceptes parnassiens. Il fait aussi de ces préceptes une source d'inspiration pour l'écriture. Le poème « Résignation » par exemple, s'inspire du goût caractéristique pour l'Orient de Banville, mais aussi des rimes rares, propres au mouvement.

… À CELLE DES ROMANTIQUES

Né en Allemagne à la fin du XVIIIe siècle, le Romantisme est apparu en France au début du XIXe siècle. Il est le deuxième mouvement culturel à être sur le devant de la scène au moment où Verlaine publie ses poèmes. C'est un mouvement culturel et littéraire, qui a touché à tous les arts, en s'opposant à la tradition classique et au rationalisme des Lumières. Il privilégie l'expression personnelle et offre la possibilité à l'artiste d'explorer toutes les possibilités de l'art afin d'exprimer ses sentiments.

Les grands thèmes du romantisme sont la mélancolie et la souffrance, la nature, le rêve, l'histoire et l'engagement politique. On retrouve ces grands thèmes romantiques chez Verlaine. La mélancolie, tout d'abord, est bel et bien présente dans le recueil, comme l'indique le titre de la première section « Melancholia ». En outre, on retrouve le thème de l'amour. « Mon rêve familier », sonnet écrit en alexandrins et composé de deux quatrains et deux tercés dont les rimes sont embrassées, traite par exemple de l'amour impossible pour une femme tout en recherchant une forme de musicalité. Le poète y oscille entre le bonheur éprouvé par cet amour et la souffrance qu'il cause, puisqu'il ne peut aboutir. Ce poème a par conséquent une essence romantique.

En outre, il faut noter que Verlaine s'inspire explicitement des grands auteurs romantiques, comme François-René de Chateaubriand, Gérard de Nerval et Alfred Musset. Dans « Mon rêve familier » par exemple, il s'inspire de la figure de la Sylphide que Chateaubriand fait apparaître dans ses *Mémoires d'outre-tombe* et dans *René*. Dans

« Monsieur Prudhomme », l'intertextualité est à nouveau visible, notamment à travers l'image de la « charmille », image utilisée aussi bien dans les proverbes de Musset que dans les écrits de Nerval quand il parle d'amour.

Ce sont toutefois les textes de Victor Hugo qui constituent une source d'inspiration majeure. Dans la « Ballade des ingénues », on trouve par exemple une référence au personnage de Caussade qu'il met en scène dans la pièce de théâtre *Marion Delorme*. Libertin célèbre, il court après les femmes ingénues, se languit d'elles. Outre ces références, les œuvres de Victor Hugo sont aussi à l'origine de poèmes entiers, comme « La mort de Philippe II » inspiré par le recueil de poèmes *La légende des siècles* (1859). Verlaine y apparait comme un poète engagé, bien qu'il ne soit qu'à de rares occasions perçu de la sorte. Il imagine ici Philippe II, fils de Charles Quint, sur son lit de mort, regrettant d'avoir encouragé l'Inquisition pour s'assurer du soutien du Pape et asseoir son règne.

L'INFLUENCE DE CHARLES BAUDELAIRE

Baudelaire est romantique de par son tempérament et son admiration pour Victor Hugo, à qui il dédicace les « Tableaux parisiens ». Il est parnassien de par les principes auxquels il adhère : travail, maitrise, rigueur. Il est conscient à la fois des faiblesses du Romantisme et des limites de l'intransigeance esthétique parnassienne. C'est en proposant une troisième voie qu'il invente une modernité poétique à l'abri des excès des deux mouvements. *Les Fleurs du mal* (1857) sont l'illustration de cette modernité ; elles font la synthèse entre les deux mouvements tout en explorant de nouvelles possibilités de création et d'expression.

Baudelaire croit en l'imagination comme faculté raisonnée de création ; il avance que l'imagination se travaille et se construit, ce qui en fait un précurseur du symbolisme. Sur le plan formel, il reste classique, l'usage du sonnet et de l'alexandrin demeurant majoritaire dans cette œuvre qui fit scandale. Il fait le choix d'une poésie où le poète est victime du spleen, un état de dépression physique, morale et intellectuelle. C'est ce spleen qui lui permet d'explorer de nouveaux espaces et de s'interroger sur l'écriture.

Les Fleurs du mal ont exercé une influence importante sur les poètes de la deuxième moitié du XIXe siècle, Verlaine inclus. Dans les *Poèmes saturniens*, il se réapproprie le style satirique de Baudelaire ainsi que son goût pour la provocation, adoptant un style proche du sien. Cette influence est marquante dans des poèmes comme « Femme et chatte », où l'apostrophe exclamative « scélérate ! » (v. 5) rappelle la provocation baudelairienne. De même, dans « Monsieur Prudhomme », Verlaine utilise le registre comique alors qu'il fait la satire d'une bourgeoisie matérialiste : « Il est maire et père de famille » (v. 1).

De plus, la thématique urbaine propre à Baudelaire transparait dans « Nocturne parisien ». Verlaine reprend par ailleurs le thème du spleen, en particulier dans le poème « l'Angoisse » où la négation est très présente. Il en propose toutefois une écriture très personnelle, intimiste, et teintée de solitude. Les souvenirs évoqués sont vagues, ce qui leur donne une dimension universelle.

CLÉS DE LECTURE

LA FORME POÉTIQUE : INVERSION DU SONNET CLASSIQUE ET VERS IMPAIRS

De nombreux sonnets sont présents dans l'œuvre de Verlaine. Parmi les trente-neuf *Poèmes saturniens*, onze sont des sonnets. On en compte huit dans la section « Melancholia » et trois dans la section « Caprice ». Ces sonnets sont encadrés par une suite de poèmes ou de section sans sonnets. Il y a donc une alternance strophique.

Un sonnet est une forme poétique, rendue populaire au XVIe siècle par les poètes de la Pléiade. Il est remis à la mode au XIXe siècle par Théophile Gautier, les Parnassiens et Charles Baudelaire. Écrit d'abord en décasyllabes puis en alexandrins, son organisation strophique est fixe : il comprend quatorze vers, deux quatrains suivis de deux tercets. Le sens doit être complet après chaque quatrain et chaque tercet. De même, le système de rime répond à certaines contraintes.

Jusqu'au XVIe siècle, l'usage dominant veut que les rimes soient embrassées dans les quatrains et identiques dans les deux strophes (ABBA/ABBA). Pour les tercets, le sonnet italien propose le schéma suivant : CCD EED.

Dans son *Petit traité sur le Sonnet*, Théodore de Banville décrit la forme du sonnet français. Il précise que les premiers et quatrièmes vers des quatrains doivent rimer ensemble, de même que les seconds et troisièmes vers des quatrains. Il affirme aussi que le premier et le second vers du premier tercet riment, quand le troisième vers du premier tercet rime avec le second vers du second tercet. On a donc un schème en ABBA ABBA CCD EDE. Outre les questions des strophes et des rimes, le sonnet doit respecter certaines modalités de construction.

Le sonnet se divise en deux blocs qui peuvent faire apparaitre une comparaison, une opposition, une progression ou deux thèmes distincts liés entre eux. Ils aboutissent à une chute, le tout dernier vers devant apparaitre comme une brève conclusion brillamment formulée. Le sonnet doit aussi, selon Boileau, refuser le moindre écart du sujet, les vers faibles, les expressions superflues et les répétitions. Les vers doivent être précis et justes, les rimes riches alternant rimes masculines et féminines.

En contraste avec ces sonnets d'une beauté achevée, Verlaine oppose un désir de modernité poétique et propose des sonnets irréguliers. Une partie des sonnets chez Verlaine ne suivent pas les modèles de distribution des strophes, des mesures et des rimes, marquant ainsi un abandon progressif des règles imposées.

- On trouve des sonnets inversés comme le poème « Résignation » qui inverse les tercets et les quatrains. Cette inversion lui permet d'opposer l'enfance et la rêverie à travers l'évocation d'un Orient rêvé et fantasmé, au temps présent, où le poète doit faire preuve de davantage de modération.
- Au lieu d'utiliser des vers pairs comme les décasyllabes ou les alexandrins, Verlaine utilise aussi des vers impairs. C'est notamment le cas dans « Cauchemar » où il utilise des heptasyllabes et dans « Marine » et « Soleils couchants » où ce sont des pentasyllabes. Il s'agit d'une rupture nette avec la prosodie classique et le règne de l'alexandrin. Le vers impair est

moins régulier, il brise l'automatisme de la lecture et permet ainsi au lecteur d'avoir une cadence davantage personnelle.

- Verlaine se libère de la règle d'alternance des rimes masculines et féminines. Il pratique l'assonance comme musicalité discrète et ajoute des rimes intérieures, donnant ainsi à la sonorité une place centrale
- Si Verlaine a le sens de la perfection formelle et propose une forme poétique linéaire et symbolique, celle-ci est néanmoins proche de la prose avec des textes faits pour être récités en public de manière expressive. Le vers absorbe parfois des tournures du langage oral et révèle ainsi un chant intérieur. C'est notamment le cas dans le poème « Soleils couchants ».

LES GRANDS THÈMES DU RECUEIL

Les trois grands thèmes du recueil sont la mélancolie, le temps et l'amour, un amour à la fois idéalisé et perdu.

La mélancolie chez Verlaine

La mélancolie est le thème central. Elle traverse tout le recueil. Chez Verlaine, elle est bien davantage qu'un sentiment. Dans la partie « Melancholia », Verlaine semble reprendre le thème du spleen de Baudelaire, notamment dans le poème « L'Angoisse » où la négation est très présente, comme si le poète était entrainé dans le néant. Toutefois, il propose du spleen une écriture très personnelle et intime. Les souvenirs évoqués sont vagues, ce qui leur donne une dimension universelle. Bien plus qu'un sentiment, la mélancolie est aussi un espace et une temporalité.

Elle s'ancre dans des paysages qui accentuent ce sentiment, notamment dans les poèmes « Soleils couchants » ou « Promenade sentimentale ». Elle renvoie à la saison de l'automne à travers le poème « Chanson d'automne » et au « Crépuscule du soir mystique ». Verlaine se montre extrêmement sensible à une nature qui fait échos à ses sentiments personnels. Ainsi, il écrit une poésie lyrique, où la musicalité tient une place importante. La musique, présente tout au long de l'œuvre, accompagne la mélancolie, rythme la lenteur et la langueur. Elle s'appuie notamment sur le violon, instrument du chagrin par excellence. Ainsi, dans « Chanson d'automne » :

> « Des violons
> De l'automne
> Blessent mon cœur
> D'une langueur
> Monotone. » (v.2-6)

De même dans « Initium » : « Les violons mêlaient leur rire au chant des flûtes » (v. 1).

Saturne et la figure du temps

Le thème du temps est lui aussi présent, notamment à travers la figure de Saturne. Saturne est l'un des dieux les plus anciens du Latium et de l'Italie centrale. Divinité agricole par excellence, il était chargé de protéger les semences confiées à la terre. Le mois de décembre, où commençait le travail de germination, prélude à la moisson, était consacré à Saturne. La légende qui se constitua autour de lui mélange les traditions latines et grecques, l'assimilant à la figure de Kronos, dieu des Hellènes et divinité primordiale du temps. On a prédit à Saturne qu'il serait détrôné par ses fils. Pour échapper à son destin, il décide alors de les dévorer.

Sa femme, Rhéa, horrifiée de sa cruauté, cache le dernier-né, Jupiter, qui le chasse de l'Olympe.

Saturne quitte alors la Grèce pour rejoindre l'Italie et s'installe sur la rive droite du Tibre, là où Rome sera érigé. Il est accueilli par Janus, roi du pays, à qui il apprend l'agriculture. En échange, Janus lui donne la colline sur la rive droite du Tibre : le Capitole. Souvent représenté avec une faucille ou une faux, Saturne disparait subitement. En son honneur, Janus éleve un autel et fait célébrer la fête des Saturnales.

Ce dieu qui préside la période précédant le solstice d'hiver, donne son nom à la planète du système solaire, connue pour sa couleur jaune et ses anneaux stellites. Depuis l'Antiquité, elle est célèbre pour son influence néfaste sur la vie des hommes. Elle prédestine ceux nés sous son signe au malheur, en les plaçant sous le signe du temps et de la fatalité auquel le mythe de Saturne renvoie. Ainsi, Verlaine reprend une ancienne tradition, lui permettant d'associer mélancolie et création artistique.

Dans le recueil, on retrouve des thèmes rappelant ce mythe, comme la trahison de la femme, l'impossibilité d'échapper à son destin, l'importance de la nature et de ce qu'elle offre aux hommes. La question du temps est aussi très présente. Le

« Prologue » déjà, propose une structure en trois parties : « Dans ces temps fabuleux » (v. 1), « Plus tard » (v. 37) et « Aujourd'hui » (v. 51), comme si Verlaine entreprenait un voyage dans le temps. Le poème « Nevermore », présent après les quatre parties, renvoie lui aussi au caractère inéluctable du temps qui passe. On y trouve le champ lexical de la vieillesse : « vieux » (v. 1, v. 5), « vieillard » (v. 8), « rides » (v. 9), « jauni » (v. 10). Verlaine y montre comment le temps marque à la fois le monde et le corps. Sa force est telle qu'on ne peut ni le freiner ni l'empêcher de mener lentement vers une destruction annoncée.

Le troisième grand thème du recueil : l'amour

L'amour chez Verlaine renvoie à un amour idéal, mais impossible ou malheureux. Il est souvent idéalisé et désincarné, comme dans « Mon rêve familier » où il s'agit d'une « femme inconnue » (v. 2) ou dans « À une femme » où Verlaine parle à nouveau d'une femme rêvée, imaginée. Quand il n'est pas imaginé, l'amour est relégué dans un passé lointain comme dans « Vœu » ou « Nevermore ». Sinon, il peut s'allier à la solitude et l'absence, comme c'est le cas dans « Promenade sentimentale » où le poète ère seul et triste, ressassant son chagrin.

L'amour mentionné dans ce recueil est l'amour pour des femmes sensuelles et dangereuses, inaccessibles et sournoises comme celles présentes dans « Femme et chatte » ou encore « la chanson des ingénues ».. La femme aux yeux de Verlaine, a une large part de responsabilité dans l'échec de l'amour et la trahison qui en découle. Il fait de l'amour de la femme un mal ininterrompu. Il généralise le sentiment et les expériences amoureux dont tous s'enivrent. Il se culpabilise de déplorer des amours futiles et de chercher en permanence à en réinventer d'autres. Ainsi, Verlaine se rapproche d'une conception baudelairienne de l'amour. Il transfigure les relations amoureuses dans une constante tension entre jouissance et tristesse, mais aussi entre réel et imaginaire.

Cette conception de l'amour est bien évidemment à mettre en lien avec la biographie de l'auteur et ses partenaires amoureux. À cette époque, l'amour de sa vie était sa cousine Élisa, que sa mère avait adoptée. Rejetant son amour, elle épouse un sucrier avant de mourir en couches. Verlaine tombe alors amoureux de Mathilde Mauté, qui a dix ans de moins que lui. Il lui fait un enfant, se désintéresse d'elle et multiplie les aventures, jusqu'à sa rencontre passionnelle avec Arthur Rimbaud.

VERLAINE : POÈTE SYMBOLISTE

En contribuant au renouvellement de l'expression poétique, Verlaine propose un travail sublimant la perception de l'univers. Comme Baudelaire, qui ouvre la voie au symbolisme avec *Les Fleurs du mal*, Verlaine transcrit des visions et des paysages intérieurs qui représentent des idées auxquelles ils sont liés par analogie. Il travaille l'art de la suggestion, en évoquant les choses sans les nommer simplement à travers les sensations qu'elles ont suscitées en lui.

Les grands thèmes des *Poèmes saturniens* nous renvoient directement aux grands principes du symbolisme. Investi d'une mission sacrée, Verlaine semble vouloir montrer des correspondances entre le monde sensible et le monde spirituel, invisible et idéal. Il évoque ses états d'âme à travers des paysages idéaux aux réalités cachées. Il s'attache à décrire la fuite du temps et le vertige de l'instant. Ainsi, il refuse à la fois le rationalisme et le matérialsme, cherchant à renouver avec les mystères du monde. Il décrit ses rêves et donne toute sa place à l'ambivalence et la nuance, favorise la fugacité au détriment de la permanence. Il utilise une langue symbolique et musicale, traduisant la fragilité des sensations. Il privélégie la liberalisation des vers.

Les *Poèmes saturniens* annoncent donc dans une certaine mesure l'émergence du mouvement symboliste, un mouvement dont il usera des codes dans ses œuvres suivantes comme *l'Art poétique* (1874), le recueil *Jadis et Naguère* (1884) et *Les poètes maudits* (1888). Néanmoins, si Verlaine est parfois vu comme le chef de file des symbolistes, il ne s'en est néanmoins jamais réclamé, préférant entretenir le mythe du poète maudit souffrant mourant de l'échec physique et social.

PISTES DE RÉFLEXION

QUELQUES QUESTIONS POUR APPROFONDIR SA RÉFLEXION...

- À la lumière du prologue, quelle est la place du poète selon Verlaine ?
- En quoi peut-on dire que les *Poèmes saturniens* sont d'influence parnassienne ?
- Le Saturnisme n'est-il qu'une simple mélancolie ?
- Comparer le spleen de Baudelaire avec la mélancolie de Verlaine.
- Quelle est l'impression donnée par l'inversion des quatrains et des tercets dans le poème « Résignation » ?
- En quoi l'utilisation de vers impairs offre-t-elle une certaine musicalité ?
- Analyser l'importance des jeux sonores : en quoi contribuent-ils au sens des poèmes ?
- Quel lien dessine Verlaine entre la littérature et les arts ?

Votre avis nous intéresse !
Laissez un commentaire sur le site de votre librairie en ligne
et partagez vos coups de cœur sur les réseaux sociaux !

POUR ALLER PLUS LOIN

ÉDITION DE RÉFÉRENCE

- VERLAINE P., *Poèmes Saturniens*, Gallimard, coll. « Folio », 2018.

ÉTUDES DE RÉFÉRENCE

- AGUETTANT L., *Verlaine, Les introuvables*, 1978, 240 p.
- BERNARDET B. (dir.), *Verlaine, première manière. Poèmes saturniens, Fêtes galantes, Romances sans paroles (1866-1874)*, PUF, coll. « Cned-PUF », 2007.
- BORNECQUE J-H., *Les poèmes saturniens de Verlaine*, Nizet, 1967, 255 p.
- DUBOIS C., *Étude sur Paul Verlaine : Poèmes saturniens*, Paris, Ellipses, 1998, 96 p.
- GUYAUX A. (dir.), *Les premiers recueils de Verlaine. Poèmes saturniens, Fêtes galantes, Romances sans paroles*, Paris, PUPS, 2008, 217 p.
- MURPHY S., *Lectures de Verlaine : poèmes saturniens, fêtes galantes, romances sans paroles*, Presses universitaires de Rennes, 2007, 314 p.

PRINCIPALES ADAPTATIONS MUSICALES

- ABBIATE L., Chanson d'automne, *Pièces pour chant et piano n° 2*, Paris, 1899.
- AMIET P., Nevermore, *Quatre mélodies pour chant et piano*, Paris, 1926.
- ANDRÉ J., Chanson d'automne, *Mélodies et chansons n° 2*, Paris, 1928.
- ARHAM M., Chanson d'automne, *Douze mélodies, 3e série n° 5*, Paris, 1914.
- BELLIARD M., Chanson d'automne, *Quatre mélodies n° 2*, Paris, 1920.
- BERNAERT A., Chanson d'automne, *op. 1 n° 1, 3 Mélodies n° 1*, Liège, 1920.
- BONNAUD F-L, *Paysages tristes*, Paris, 1897.
- BONNEAU P., Nevermore, SEMI, Paris, 1955
- BORDES C., *Paysages tristes*, n° 2, Paris, 1902.
- BRITTEN B., Chanson d'automne, *Quatre chansons françaises n° 4*, Londres, 1982.
- CARPENTER J-A., *Four poems by Paul Verlaine*, n° 2, New York, 1912.
- CHARPENTIER G., Chanson d'automne, *Poèmes chantés*, n° 14, Paris, 1894.
- DELIUS F., Chanson d'automne, *Fünf Gesänge, n° 5, Köln am Rhein*, 1915.

- De FAY R., Chanson d'automne, *Mélodie n° 2*, Paris, 1902.
- FERRE L., Mon rêve familier, Soleils couchants et Chanson d'automne, 1970.
- FRAGGI H., Chanson d'automne, *Poèmes en musique, n° 2*, Marseille, 1920.
- LIMA FRAGOSO A., *Cinq mélodies de Paul Verlaine*, n° 3, Paris 1917.
- FRONTIN G-L., Chanson d'automne, *Sous les chênes verts*, n° 7, Paris, 1912.
- HAHN R., Chanson d'automne, *Chansons grises, n° 1*, Paris, 1893.
- DE HARTMANN, *Paysages tristes, n° 5*, Paris, 1941.
- JOSTEN W., *Trois mélodies de Paul Verlaine, n° 2*, Paris, 1931.
- KOVALEV P I., *Six chansons sur des poésies de Paul Verlaine, n° 3*, Moscou, 1925.
- PANIZZAH., *Neuf poésies de Paul Verlaine, n° 1*, Milan, 1899.
- PASSANI E-B, *Trois poèmes de Verlaine, n°1*, Paris, 1952.

Retrouvez notre offre complète sur lePetitLittéraire.fr

- des fiches de lectures
- des commentaires littéraires
- des questionnaires de lecture
- des résumés

Anouilh
- Antigone

Austen
- Orgueil et Préjugés

Balzac
- Eugénie Grandet
- Le Père Goriot
- Illusions perdues

Barjavel
- La Nuit des temps

Beaumarchais
- Le Mariage de Figaro

Beckett
- En attendant Godot

Breton
- Nadja

Camus
- La Peste
- Les Justes
- L'Étranger

Carrère
- Limonov

Céline
- Voyage au bout de la nuit

Cervantès
- Don Quichotte de la Manche

Chateaubriand
- Mémoires d'outre-tombe

Choderlos de Laclos
- Les Liaisons dangereuses

Chrétien de Troyes
- Yvain ou le Chevalier au lion

Christie
- Dix Petits Nègres

Claudel
- La Petite Fille de Monsieur Linh
- Le Rapport de Brodeck

Coelho
- L'Alchimiste

Conan Doyle
- Le Chien des Baskerville

Dai Sijie
- Balzac et la Petite Tailleuse chinoise

De Gaulle
- Mémoires de guerre III. Le Salut. 1944-1946

De Vigan
- No et moi

Dicker
- La Vérité sur l'affaire Harry Quebert

Diderot
- Supplément au Voyage de Bougainville

Dumas
- Les Trois Mousquetaires

Énard
- Parlez-leur de batailles, de rois et d'éléphants

Ferrari
- Le Sermon sur la chute de Rome

Flaubert
- Madame Bovary

Frank
- Journal d'Anne Frank

Fred Vargas
- Pars vite et reviens tard

Gary
- La Vie devant soi

Gaudé
- La Mort du roi Tsongor
- Le Soleil des Scorta

Gautier
- La Morte amoureuse
- Le Capitaine Fracasse

Gavalda
- 35 kilos d'espoir

Gide
- Les Faux-Monnayeurs

Giono
- Le Grand Troupeau
- Le Hussard sur le toit

Giraudoux
- La guerre de Troie n'aura pas lieu

Golding
- Sa Majesté des Mouches

Grimbert
- Un secret

Hemingway
- Le Vieil Homme et la Mer

Hessel
- Indignez-vous !

Homère
- L'Odyssée

Hugo
- Le Dernier Jour d'un condamné
- Les Misérables
- Notre-Dame de Paris

Huxley
- Le Meilleur des mondes

Ionesco
- Rhinocéros
- La Cantatrice chauve

Jary
- Ubu roi

Jenni
- L'Art français de la guerre

Joffo
- Un sac de billes

Kafka
- La Métamorphose

Kerouac
- Sur la route

Kessel
- Le Lion

Larsson
- Millenium I. Les hommes qui n'aimaient pas les femmes

Le Clézio
- Mondo

Levi
- Si c'est un homme

Levy
- Et si c'était vrai…

Maalouf
- Léon l'Africain

Malraux
- La Condition humaine

Marivaux
- La Double Inconstance
- Le Jeu de l'amour et du hasard

Martinez
- Du domaine des murmures

Maupassant
- Boule de suif
- Le Horla
- Une vie

Mauriac
- Le Nœud de vipères

Mauriac
- Le Sagouin

Mérimée
- Tamango
- Colomba

Merle
- La mort est mon métier

Molière
- Le Misanthrope
- L'Avare
- Le Bourgeois gentilhomme

Montaigne
- Essais

Morpurgo
- Le Roi Arthur

Musset
- Lorenzaccio

Musso
- Que serais-je sans toi ?

Nothomb
- Stupeur et Tremblements

Orwell
- La Ferme des animaux
- 1984

Pagnol
- La Gloire de mon père

Pancol
- Les Yeux jaunes des crocodiles

Pascal
- Pensées

Pennac
- Au bonheur des ogres

Poe
- La Chute de la maison Usher

Proust
- Du côté de chez Swann

Queneau
- Zazie dans le métro

Quignard
- Tous les matins du monde

Rabelais
- Gargantua

Racine
- Andromaque
- Britannicus
- Phèdre

Rousseau
- Confessions

Rostand
- Cyrano de Bergerac

Rowling
- Harry Potter à l'école des sorciers

Saint-Exupéry
- Le Petit Prince
- Vol de nuit

Sartre
- Huis clos
- La Nausée
- Les Mouches

Schlink
- Le Liseur

Schmitt
- La Part de l'autre
- Oscar et la Dame rose

Sepulveda
- Le Vieux qui lisait des romans d'amour

Shakespeare
- Roméo et Juliette

Simenon
- Le Chien jaune

Steeman
- L'Assassin habite au 21

Steinbeck
- Des souris et des hommes

Stendhal
- Le Rouge et le Noir

Stevenson
- L'Île au trésor

Süskind
- Le Parfum

Tolstoï
- Anna Karénine

Tournier
- Vendredi ou la Vie sauvage

Toussaint
- Fuir

Uhlman
- L'Ami retrouvé

Verne
- Le Tour du monde en 80 jours
- Vingt mille lieues sous les mers
- Voyage au centre de la terre

Vian
- L'Écume des jours

Voltaire
- Candide

Wells
- La Guerre des mondes

Yourcenar
- Mémoires d'Hadrien

Zola
- Au bonheur des dames
- L'Assommoir
- Germinal

Zweig
- Le Joueur d'échecs

www.lepetitlitteraire.fr

ISBN version numérique : 9782808014953
ISBN version papier : 9782808014960
Dépôt légal : D/2018/12603/508

Conception numérique : Primento,
le partenaire numérique des éditeurs.

FÉDÉRATION
WALLONIE-BRUXELLES

Ce titre a été réalisé avec le soutien de la Fédération Wallonie-Bruxelles, Service général des Lettres et du Livre.

Printed by Amazon Italia Logistica S.r.l.
Torrazza Piemonte (TO), Italy

37023954R00037